LE
BAIGNEUR DE SOULTZBAD

PAR

UN AMI DE L'ÉTABLISSEMENT

ÉTABLISSEMENT DE SOULTZBAD, tenu par J. HOLTZMANN.

Médecin de l'Établissement Dr WENTZINGER.

STRASBOURG

IMPRIMERIE ED. HUBERT ET Cie

LE

BAIGNEUR DE SOULTZBAD

PAR

UN AMI DE L'ÉTABLISSEMENT

> „Soultzbad est une source qui n'a plus besoin de faire ses preuves, car elles sont faites."
>
> Dr EISSEN.

STRASBOURG

IMPRIMERIE ED. HUBERT ET E. HABERER

Rue du Dôme, 16

1882

UN MOT

AU

BAIGNEUR DE SOULTZBAD

SUR

CE QUI PEUT LUI RENDRE SON SÉJOUR UTILE ET AGRÉABLE

> „Soultzbad est une source qui n'a plus besoin de faire ses preuves, car elles sont faites."
>
> Dr Eissen.

CHAPITRE PREMIER.

Coup d'œil rétrospectif sur Soultzbad.

On ne peut pas préciser l'époque à laquelle remonte l'exploitation de la source minérale de Soultzbad; toujours est-elle la plus ancienne de notre Alsace. La tradition la fait remonter au delà du Moyen-Age; mais les documents certains ne datent que du seizième siècle. A cette époque l'évêque de Strasbourg était seigneur suzerain du Bain et de ses dépendances, jusqu'en 1669. Depuis lors l'établissement eut à traverser diverses phases.

Depuis la fin du dix-huitième siècle, et surtout pendant les trente dernières années, un bon nombre d'écrivains se sont occupés de la source de Soultz et en ont loué les merveilleuses propriétés. (Voir chapitre VII.)

L'Établissement actuel, qui gagne chaque année en importance, a pour propriétaire M. CARBIENER, ex-notaire à Molsheim, et est exploité par M. J. HOLTZMANN, ancien gérant du *Cercle du Broglie* de Strasbourg.

***

CHAPITRE II.

Description locale de Soultzbad.

Le *Bain de Soultz* est situé à l'entrée de la riante vallée de la Mossig, au sommet de l'angle nord que trace cette rivière en se jetant dans la Bruche. Abrité contre le vent du nord par le *Horn* de Wolxheim, son climat n'est pas sujet à ces variations subites de température, si funestes aux personnes souffrantes; il est au contraire doux et salubre, de l'avis de tous les connaisseurs. De là résulte un immense avantage sur la plupart des établissements de bains, c'est qu'on peut y commencer la saison de très bonne heure et la prolonger fort tard, tandis qu'ailleurs les rigueurs de la température s'y opposent bien souvent.

La propriété est vaste et fermée, presque de tous les côtés, par de belles plantations. A l'extrémité ouest se trouve, au bord de l'eau, un labyrinthe en mamelon, planté d'une belle charmille; au centre, des pelouses vertes sont entrecoupées de bosquets touffus. Autour de l'hôtel, des cours spacieuses sont surmontées d'un dôme de verdure que supportent de vigoureux platanes : ensemble harmonieux, qui, par sa riche variété de couleurs, depuis le tendre vert du gazon jusqu'au teint sombre du sapin, est très agréable à l'œil, agit avantageusement sur le moral, et offre au visiteur des distractions et des promenades aussi agréables que variées. L'amateur de la pêche peut, sans sortir de l'enclos, s'en donner à cœur joie, sur un parcours de près de 200 mètres, la Mossig bordant la propriété de tout son long.

L'Hôtel des Bains forme un rectangle flanqué de deux ailes, direction nord-sud, au milieu des cours. Au premier étage se trouvent les logements des pensionnaires et trois salles à manger : un piano est à la disposition des amateurs; au rez-de-chaussée la cuisine, une buvette avec billard, les cabinets de bains, une salle de conversation, et, au centre du bâtiment, la source.

Les écuries et remises sont séparées de la maison principale par une vaste cour.

Les chambres sont saines, claires, bien tenues et confortablement meublées, les unes à un, les autres à deux lits; elles sont disposées de façon à ce que les familles puissent occuper plusieurs chambres contiguës.

Les cabinets de bains sont spacieux et propres. Remarquons qu'on ne trouve pas à *Soultzbad* les nouvelles et coûteuses organisations récemment inventées pour les traitements thérapeutiques; mais on y trouve, sous une forme plus simple, toutes les ressources nécessaires pour produire les mêmes résultats: douches, bains de vapeur, bains de ventouses, etc. Un ventouseur et une ventouseuse sont continuellement à la disposition des baigneurs.

Le ton de la maison est simple et cordial, le service bien organisé; les pensionnaires sont entourés de soins empressés. — Outre ces avantages réels dans un établissement de santé, n'oublions pas de mentionner la modicité du prix de pension. Sous ce rapport, *Soultzbad* lutte avantageusement avec tous ses rivaux, tout en en surpassant la plupart pour le confortable. Comme preuve de notre assertion nous donnons ici un extrait du Tarif de l'Établissement.

Pension par jour (déjeuner, dîner, souper) avec vin . .	4f25c
Chambres de 1 fr. à 1 fr. 50 c.	1 —
Bain ordinaire (abonnement)	0 75
	6f—c

Suivant ce tarif, on est *nourri*, *logé* et *baigné* à raison de 6 fr. par jour; cela ne se voit certes pas partout. La seule condition mise à ce tarif exceptionnel, c'est qu'il faut séjourner au moins une semaine dans l'établissement pour être considéré comme *pensionnaire*.

Observons encore qu'ici on n'est pas exposé à des dépenses superflues : absence complète de luxe, de toilettes, de bals, etc., en un mot de toutes ces inventions de la mode, aussi onéreuses pour la bourse que préjudiciables à la santé. Là encore, liberté entière pour chacun de vivre et de s'arranger à sa guise, sans gêne et sans contrainte. *Soultzbad* est un milieu paisible et champêtre, favorable au but principal du pensionnaire : le rétablissement de sa santé.

Une petite bibliothèque amusante contribue à charmer les loisirs du baigneur.

Il n'est pas inutile de remarquer que les personnes décidées à faire un séjour à *Soultzbad*, feront bien de commander d'avance leur logement, surtout dans la belle saison.

CHAPITRE III.

Propriétés de la source de Soultzbad.

N'ayant aucune prétention à une compétence médicale quelconque, nous nous bornerons à indiquer les observations les plus pratiques des hommes de l'art.

"La source minérale de Soultzbad, dit M. Daubrée, dans sa *Description géologique et minéralogique du département du Bas-Rhin* (1852), jaillit des couches inférieures du grès bigarré qui se lient au grès des Vosges."

M. Voltz, dans sa *Notice sur la source minérale de Soultz-les-Bains* (1828), ajoute :

„Parmi les sources salines qui sortent du grès bigarré, on peut citer celles de Kissingen, d'Orbe près Saalmünster, de Hombourg, de Budingen, de Nauheim près Hanau. Les sources minérales de *Soultz* et de Niederbronn, qui ont de l'analogie par leur salure, sortent l'une et l'autre du grès bigarré; d'ailleurs, elles ont des températures très voisines qui dépassent de 6 à 7 degrés centigrades celles des sources ordinaires. Il n'est pas improbable que les roches où elles prennent leur salure se trouvent vers la base des Vosges."

Cette source a été analysée à différentes époques, comme on peut le voir au chapitre VII. Voici ce qu'en dit, en dernier lieu, le Dr Eissen [1] :

„L'eau est claire et transparente, peu gazeuse, d'une saveur fortement salée, très légèrement alcaline; elle ramène lentement au bleu le papier de tournesol rougi; concentrée, elle laisse peu à peu déposer une poudre blanche formée principalement de chaux et de magnésie; évaporée fortement, il se dépose du sulfate de chaux, et on obtient finalement une abondante cristallisation de sel marin, dans laquelle on distingue de petits cristaux brillants de sulfate sodique. Sa température constante est de 12°,5 R."

---

1. *Monographie*, p. 14.

D'après la dernière analyse, faite en 1844 par MM. Persoz et Kopp, l'eau de cette source se décompose comme suit :

	Grammes.
Sur un litre :	
Acide carbonique libre	0,036
Bicarbonate de chaux.	0,431
Sulfate de chaux.	0,278
Sulfate de soude	0,267
Sulfate de magnésie	0,200
Chlorure sodique	3,189
Bromure potassique	0,009
Iodure potassique	0,0J3
Silice	0,004
	4,417

Traces d'acide phosphorique, d'oxide de fer et de matière organique.

La source laisse échapper incessamment des bulles de gaz, dans les proportions suivantes :

Acide carbonique	3
Azote.	97
Traces de carbure hydrique	—
	100

„Cette composition, dit le Dr Eissen, place, comme on voit, la source de *Soultzbad,* sans aucune contestation, dans la classe si active des sources *chloro-iodo-bromées* [1]. Cette source rivalise donc avec celles

---

1. *Loc. cit.*

d'Adélaïde, de Kreuznach, de Wildegg, de Kranken-
heil (en Bavière), de Rakoczy, de Kissingen, etc. Il
est vrai que la plupart de ces dernières priment celle
de *Soultzbad* par leurs proportions d'iodure et de
bromure; mais les nombreux et brillants résultats
thérapeutiques dus à l'eau de Soultz[1], prouvent
qu'elle ne le cède en activité à aucune de ses sœurs
allemandes.

„Ce n'est pas, dit le Dr Eissen[2], la plus ou moins
grande quantité de principes fixes qui peut donner à
priori une idée exacte de la valeur d'une source“;
— et à l'appui de cette thèse, il cite Baden-Baden :
„Personne ne niera l'extrême activité de ses eaux....
et pourtant sa source compte, sous le rapport de ses
principes minéralisateurs, pour une des plus insigni-
fiantes...... Nous n'hésitons pas à proclamer que *la
source de Soultz est une source précieuse, souvent mi-
raculeusement efficace,* et qu'elle mérite à bon droit
l'attention que de tous les temps les médecins lui ont
vouée. Très souvent elle réussira là où tout l'arsenal
pharmaceutique aura échoué.“

Un grand nombre de maladies peuvent être gué-
ries par les eaux de *Soultzbad,* à cause de leur nature
chloro-iodo-bromée. Pour l'explication scientifique et
détaillée de la vertu et de l'efficacité de ces eaux,

---

1. Eissen. *Résultats thérapeutiques de l'année 1859.* Guérisons
relatées dans sa *Monographie,* 1857.

2. Id., p. 20.

nous renvoyons le lecteur à la brochure de M. EISSEN. Nous nous contenterons ici d'une nomenclature succincte des principales affections qui peuvent y être traitées avec succès, pendant le séjour traditionnel de trente jours, tout en remarquant préalablement qu'il ne s'agit pas ici d'affections aiguës, mais proprement de maladies chroniques, telles que *rhumatismes musculaires invétérés, raideur des membres, articulations ankylosées, lumbagos indéracinables, goutte ou podagrisme, affections arthritiques, dermatoses, maladies cutanées, scrofules, tubercules pulmonaires, le cancérisme dans ses principes, diathèses cancéreuses, syphilides, ulcères, tumeurs périostiques osseuses, névropathies, lésions de l'innervation* et *complications de ces affections.*

Voici comment M. EISSEN se résume :

„C'est donc principalement dans les affections rhumatismales, musculaires et articulaires, dans le plus grand nombre des dermatoses dyscrasiques, dans les affections catarrhales chroniques, lorsqu'elles n'occupent pas le canal intestinal, mais bien les bronches ou la vessie, dans les maladies scrofuleuses, dans les affections chroniques du bas-ventre avec engorgement du foie, de la rate, des glandes mésentériques, que l'on obtient des résultats très remarquables de l'usage rationnel de l'eau de *Soultzbad,* surtout lorsque l'emploi en a été réglé par le médecin." [1]

---

1. *Monogr.,* p. 41.

CHAPITRE IV.

Manière de faire sa saison à Soultzbad.

Les personnes qui, sur l'avis de leur médecin, se décident à passer à Soultzbad les 21 jours traditionnels de la cure, ou celles qui veulent y faire un séjour d'été, ont, afin d'employer utilement leur temps et leur argent, principalement trois choses à prendre en considération :

1° *La boisson;*

2° *Les bains;*

3° *Les auxiliaires.*

§ 1. La Boisson.

L'usage intérieur de l'eau thermale de Soultz est très efficace, si l'on a soin de la *boire à la source même,* en temps opportun et en quantité voulue.

a) *Le temps* le plus favorable pour boire l'eau, c'est le matin à jeûn, soit 6 heures, avant le déjeuner, avant le dîner, entre 4 et 5 heures du soir.

b) *Quantité.* Il y a bien peu de cas où le malade soit obligé de boire tout un litre par jour. La dose moyenne est de *trois ou quatre verres* par jour.[1]

---

1. *Monogr.,* p. 43.

Nota. Les affections chroniques de la muqueuse gastro-intestinale défendent absolument l'ingestion de l'eau de Soultz et se trouvent fort bien de ses bains. On fait généralement bien de consulter un médecin sur l'usage interne de cette eau, car elle est très puissante et ne permet aucune légèreté dans son emploi; c'est peut-être celle qui punit le plus sévèrement l'abus que l'on en ferait. [1]

Pour l'usage interne on peut aussi s'en servir à domicile. La vente se fait à l'établissement et dans la plupart des pharmacies. Le dépôt principal se trouve à la succursale de la *Compagnie fermière de Vichy*, à Strasbourg.

§ 2. Les Bains.

L'usage externe de l'eau n'est pas seulement un auxiliaire de la boisson, mais une cure à part et tout aussi importante que celle-ci. C'est sous cette forme que l'administration de l'eau de Soultz est de préférence usitée; mais il faut de la méthode dans son usage.

Les bains peuvent se prendre:

    a) Par immersion simple, ou bain ordinaire;

    b) Sous forme de vapeur;

    c) Sous forme de douches;

    d) Avec application de ventouses;

selon le besoin de chacun.

---

1. *Monogr.*, p. 44.

A. *Bain ordinaire.*

Le bain le plus usité est le *bain ordinaire* chauffé. Pour ce bain il faut observer plusieurs choses: 1° l'heure; 2° la température; 3° la durée; 4° l'avant et l'après; 5° le nombre; 6° les contre-indications.

1. L'*heure* la plus propice, si l'on ne boit pas d'eau, est le matin, immédiatement après le lever; on se recouche, après le bain, quelques moments. Dans le cas de la double cure, la meilleure méthode est de boire de très bonne heure, et de ne prendre son bain que 2 à 3 heures après le déjeuner.

2. La *température* du bain est de la plus haute importance, et doit se régler d'après :

    a) *L'heure du jour ;* elle peut être plus élevée dans la matinée que dans l'après-dîner ;

    b) *L'état atmosphérique ;* par un temps pluvieux humide, frais, elle doit être plus élevée que par un temps sec et chaud ;

    c) *L'âge ;* le jeune âge veut une température assez fraîche, l'âge mûr une température moyenne, l'âge avancé une température plus élevée ;

    d) *Le sexe ;* pour les dames il faut une température constamment moyenne, les hommes supportent de plus fortes variations ;

    e) *La constitution ;* les constitutions faibles, les tempéraments sanguins et bilieux exigent une température douce; les natures phlegmatiques, molles ou lymphatiques en veulent une plus forte.

f) *L'habitude;* quiconque est habitué aux bains froids retire peu de fruits d'un bain d'une température élevée; par contre, qui est habitué aux bains chauds supporte plus impunément une température trop élevée que trop basse.

g) *Les maladies;* en cas de maladie, s'en tenir aux prescriptions du médecin.

h) *Le thermomètre,* qui doit varier, selon les différents cas, entre 20° et 38° C.

3° *La durée* se règle d'après les besoins du malade, qui, le moment de sortir arrivé, éprouve lui-même un certain malaise, surtout dans les parties affectées, de la tension dans les membres, de la lassitude, de la somnolence, des bâillements, etc. Il est généralement à conseiller de procéder graduellement, restant d'abord vingt minutes, et augmentant tous les jours de cinq minutes, jusqu'à concurrence d'une heure, rarement au delà.

4. *Avant, pendant et après.* Avant le bain éviter avec soin tout échauffement ou refroidissement, et ne pas charger l'estomac. Fermer la fenêtre du cabinet. En se déshabillant, le faire lentement et finir par le bas.

En entrant dans le bain, se tenir un moment debout, se laver les bras, mouiller la figure et le devant du corps, ensuite s'étendre lentement, alterner la tranquillité avec le mouvement, en frottant de temps à autre le corps. Est-on enclin aux congestions, mettre sur la tête une compresse d'eau froide. Pour sortir du bain, on s'assied, et après avoir ouvert la soupape du fond de la cuve, on s'essuie le corps au fur et à mesure que l'eau s'en va, après quoi on s'enveloppe d'un linge et l'on finit de se sécher complètement.

En s'habillant, commencer par les bas, se couvrir chaudement et éviter les courants d'air. Faut-il, après le bain, séjourner dans sa chambre, se coucher ou se promener? Cela dépend du temps qu'il fait et des besoins de chacun, selon l'avis du médecin.

5. *Le nombre.* Combien de bains faut-il prendre par semaine ou par jour? Il faut encore sous ce rapport suivre le conseil du médecin et ne pas croire que le nombre *vingt-et-un* est infailllible.

6. *Les contre-indications.* Ceux qui ont de la propension à l'apoplexie, aux hémorragies doivent éviter de prendre des bains, ainsi que les femmes pendant la grossesse.

B. - *Bains de vapeur.*

Le docteur Eissen- appelle ces bains „*un remède héroïque qui ne doit être administré que dans les cas où le médecin le juge indispensable.*" [1]

---

1. *Monogr.,* p. 49.

C. *Douches.*

Les douches peuvent, de l'avis de M. Eissen,[1] se prendre avec n'importe qu'elle eau, minérale ou autre, parce que leur action est à attribuer plutôt à l'effet mécanique qu'à leur nature. C'est encore au médecin à décider si, à côté du traitement balnéaire, il faut user de douches.

D. *Bains avec ventouses.*

Les ventouses scarifiées paraissent avoir pour but de prévenir la crise balnéaire ou de dissiper les congestions; aussi cet expédient est-il à conseiller, avant et après leur saison, „*à tous ceux qui sont riches de sang et d'humeurs.*"[2]

CHAPITRE V.

Auxiliaires de la cure à Soultzbad.

Le pensionnaire trouvera le plus puissant auxiliaire de sa cure dans sa *manière de vivre*, si celle-ci est en harmonie avec le traitement thérapeutique auquel il est soumis: il s'imposera donc sous ce rapport la plus grande régularité, et suivra avantageusement les conseils suivants:

---

1. *Monogr.*, p. 49.
2. Id., p. 51.

1. *Sobriété* dans la nourriture: s'en tenir aux heures réglées *ad hoc*, et éviter tout excès, surtout de boissons.

2. *Sommeil.* Se coucher au plus tard à 10 heures et ne dormir que 7 ou 8 heures au maximum.

3. *Mouvement.* Alterner le mouvement avec le repos, et se donner du mouvement en plein air et, s'il se peut, sur les hauteurs. On prend de préférence un peu de repos après le déjeuner, après le bain, avant et après le dîner, avant le souper. On fait une petite promenade dans la matinée, une plus grande dans l'après-diner. Si la santé le permet, on peut faire l'une ou l'autre excursion d'un jour.

4. *Vêtements.* Les approprier à la température et aux circonstances où l'on se trouve, de façon à entretenir toujours l'activité de la peau.

5. Trêve aux occupations trop fatigantes, aux soucis, à la tristesse, à la colère et en général à toutes les passions.

6. *Promenades et excursions.* Entre les promenades, dont la description détaillée se trouve dans la brochure déjà souvent citée de M. Eissen, nous recommandons surtout celles de Scharrach, des plateaux (Jesselsberg) du Finkenhof, de Kaltenbrunn, etc.

Remarquons en passant que si le promeneur tient aux rafraîchissements dans ses courses, il fait bien de s'en pourvoir à son départ de l'hôtel; il n'en trouverait de convenables qu'à Molsheim, Mutzig et Wasselonne.

Pour l'amateur d'excursions plus longues, la voie ferrée (Saverne-Schlestadt) qui se trouve à la porte de l'établissement lui donne toute facilité de satisfaire ses goûts et de varier ses plaisirs. Ceux qui jouissent d'une santé assez forte, ou les personnes en simple villégiature peuvent de temps à autre, pour faire trêve à une certaine monotonie, inévitable partout, s'accorder le plaisir d'une excursion d'un jour, en partant de *Soultzbad* par le premier train du matin, pour y revenir par le dernier du soir.

Nous ne ferons ici qu'indiquer brièvement les excursions d'un jour que l'on pourra combiner avec un dîner servant de station de repos au milieu du jour.

1. *Le Hohkœnigsbourg.* Monter depuis la station de Saint-Hippolyte et redescendre par Orschwiller à Schlestadt, ou vice-versâ;
2. *Badbronn* ou Bains de Châtenois;
3. *Le Hohwald* (station de Barr);
4. *Le Bühl*, près Barr;
5. *Les châteaux de Spesbourg et d'Andlau;*
6. *Sainte-Odile — Mœnnelstein — Landsperg — Lützelbourg*, etc.;
7. *Rosheim — Klingenthal;*
8. *Le Girbaden — Grendelbruch;*
9. *Le Niedeck — Mutzig — Haslach;*
10. *Le Grand-Donon — Schirmeck;*
11. *Wangenbourg — Schnéeberg — Wasselonne;*
12. *Marmoutier—Saverne, la montée à Haut-Barr;*
13. *Saverne — Géroldseck;*

14. *Saverne—Ochsenstein—Dabord—Lützelbourg;*
15. *Strasbourg.*

Pour toutes ces excursions, consulter le Guide de
Schricker : *Von Strassburg in die Vogesen.*

CHAPITRE VI.

Cure de raisins à Soultzbad.

Soultzbad, par la douceur prolongée de son climat
et par son site au milieu des vignes, se prête par-
faitement à la *cure de raisins.* — Quelles sont les
affections qui sont traitées avantageusement au moyen
de cette cure, et quelle est la norme de cette cure,
c'est ce que nous allons résumer en quelques mots.

1. *Maladies à traiter par le raisin.* Ce sont: la
dispepsie sous toutes ses formes et presque toutes les
maladies de l'estomac, les *irritations des muqueuses,*
les *battements de cœur,* les *scrofules,* la *gravelle,* la
diarrhée, la *dyssenterie,* le *scorbut,* la *phthysie* dont le
traitement varie selon la saison tour à tour entre
l'huile, le lait et le raisin, etc.

2. *Norme de la cure.* La première chose à observer, c'est qu'il ne faut faire usage que de raisins bien
mûrs, ne pas avaler la peau, et varier les espèces,
pour empêcher le dégoût.

1ᵉʳ Traitement. — Pour la *quantité,* elle varie selon le sexe, l'âge, la constitution et le mal dont on
est affecté. — Cependant on peut établir une régle

générale, c'est de commencer par un kilogramme journellement, en augmentant tous les trois jours d'un demi-kilogramme, jusqu'à concurrence de deux ou trois kilgorammes, selon besoin. Pour terminer, diminuer tous les jours d'un quart de kilogramme.

La plus grande quantité se prend entre le déjeuner et le dîner, le reste dans l'après-dîner.

Ce traitement dure ordinairement de quatre à six semaines.

2e Traitement. — Pour ceux qui réunissent la cure de raisins avec une cure d'air, les médecins ordonnent d'habitude trois quarts de kilogramme à jeûn, avec un petit pain, — un kilogramme et plus avant le dîner, — un demi-kilogramme comme dessert, — un fort kilogramme dans l'après-dîner, — après une promenade d'au moins deux heures, trois quarts de kilogrammes avec un petit pain, comme goûter.

Le régime doit naturellement correspondre avec la cure et être aussi simple que possible. Après les premiers raisins du matin (qu'il faut avoir soin de cueillir la veille), on prend un petit pain avec un verre d'eau fraîche, — au dîner des viandes maigres, peu de légumes, — éviter les farinages et les pâtisseries, — du vin en petite quantité. — Au souper, du bouillon et un petit pain qui peut être accompagné d'un œuf frais.

Une pareille cure aide puissamment au renouvellement du sang, et est par conséquent un remède bienfaisant pour tous ceux qui en profitent.

CHAPITRE VII.

Auteurs qui se sont occupés de Soultzbad.

1. ETSCHENREUTTER. — *Aller heilsamen Bæder und Brunnen Natur*, etc., 1571.
2. J. J. WECKER. — *Anditotarium speciale,* 1588.
3. J. J. SCHUBER. — *Dissertatio inauguralis de balneo Sulzensi,* etc., 1726.
4. F. A. GUÉRIN. — *Dissertatio inauguralis de fontibus medicalis Alsatiæ,* 1763.
5. FOURCY. — *Analyse des eaux minérales de Soultzbad,* 1778.
6. CARRÈRE. — *Catalogue raisonné,* etc., p. 110, 1785.
7. CARRÈRE. — *Dictionnaire des sciences médicales,* III, p. 407.
8. GRAFFENAUER. — *Minéralogie alsacienne,* 1806.
9. GERBOIN. — *Analyse des eaux minérales de Soultzbad,* 1806.
10. BOUILLON-LAGRANGE. — *Essai sur les eaux minérales,* etc., p. 270, 1811.
11. TINCHANT. — *Notice sur les eaux minérales de Soultz,* 1825.
12. BERTHIER. — *Annale des mines,* 3ᵉ série, t. V, p. 531, 1828.
13. VOLTZ. — *Notice sur les eaux minérales de Soultzbad,* 1828.
14. MÉRAT et DE LEUS. — *Dictionnaire universel médical,* etc., VI, p. 603, 1834.
15. KIRSCHLEGER. — *Notice sur Soultzbad (Gaz. médic.),* 1844.

16. G. Tourdes. — *Notice sur les eaux minérales, etc.* (*Gaz. médic.*), 1845.
17. Stoltz. — *Gazette médicale*, 6e année, n° 5, 1846.
18. Ristelhueber. — *Courrier du Bas-Rhin*, 28 Mai 1846.
19. Eissen. — *Gazette médicale*, 11e année, n° 5, 1851.
20. Daubrée. — *Description géologique et minéralogique du département du Bas-Rhin*, 1852.
21. Eissen. — *Gazette médicale*, 12e année, n° 7, 1852.
22. Eissen. — *Monographie de Soultzbad*, 1857.
23. Eissen. — *Résultats thérapeutiques en 1859*, 1860.

Parmi les ouvrages cités, celui qui peut être le plus utile au baigneur, c'est la *Monographie de Soultzbad*, du Dr Eissen, éditée à Paris, à la librairie de Victor Masson, place de l'École-de-Médecine, 17. L'auteur y met en lumière, comme il s'exprime lui-même, les propriétés réellement remarquables de cette source chloro-iodo-bromée de Soultz, la *seule* de ce genre connue sur la rive gauche du Rhin. La première édition de cet excellent opuscule étant épuisée, nous désirerions fort, pour l'avantage du baigneur, en voir paraître une nouvelle.

Le lecteur trouvera dans cette *Monographie* et dans les *Résultats thérapeutiques obtenus à Soultzbad pendant la saison de 1859*, du même auteur, une foule de guérisons dues à la vertu de cette source.

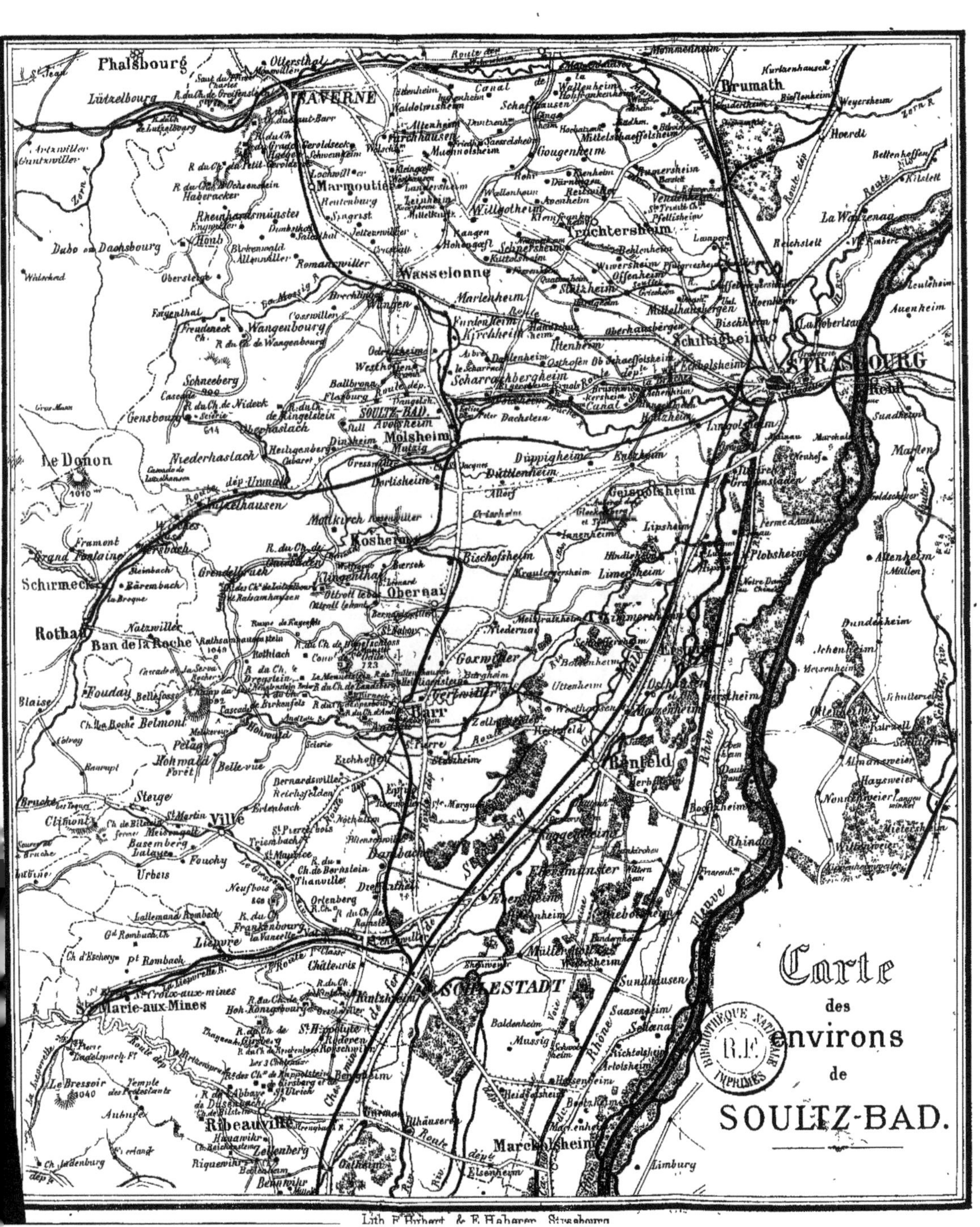

Carte
des
environs
de
SOULTZ-BAD.
STRASBOURG
Phalsbourg
Lützelbourg
SAVERNE
Brumath
Marmoutier
Wasselonne
Molsheim
Mutzig
SOULTZ-BAD
Mosheim
Obernai
Barr
SCHLESTADT
Benfeld
Le Donon
Niederhaslach
Schirmeck
Rothau
Ban de la Roche
Villé
Ste Marie-aux-Mines
Ribeauville
Riquewihr
Marckolsheim
Lith F. Birhert & E. Haberer Strasbourg
BIBLIOTHÈQUE NATIONALE
R.F.
IMPRIMES

HVBERT
HABERER

www.ingramcontent.com/pod-product-compliance
Ingram Content Group UK Ltd.
Pitfield, Milton Keynes, MK11 3LW, UK
UKHW021208140726
13695UKWH00005B/2405